大名人的启迪小故事

企业家 小故事

QǏYÈJIĀ XIǍOGÙSHI

李晓伟 编著

吉林美术出版社 | 全国百佳图书出版单位

亲爱的家长朋友：孩子现在是你们怀抱的小宝贝，却是未来社会的栋梁材，未来我们祖国建设需要各式各样人才，这就需要从小培养孩子成为人才的梦想。经常给他们讲古今中外各类人才的成长故事，让孩子从小站在巨人的肩膀上成长，就能让孩子的梦想更加远大。

崇拜伟人是我们每个人的天性，特别是广大孩子，天生就是追星族。我们要很好地引导他们，让他们带着崇敬与激情顺着伟人成长轨迹，开启与陶冶他们心灵。这样，他们便会有一股发自心底的潜力，一股追求奋起的冲动，并随着伟人的道路去寻找他们的人生理想。

这些伟大人物，是人间英杰，不朽灵魂，是我们人类的骄傲和自豪，我们不能忘记他们在那历史巅峰发出的宏音，应该让他们永垂青史，英名长存，永远记念他们的丰功伟绩，永远作为我们的楷模，

以使我们孩子在未来也成为出类拔萃者，让他们开创更加美好的人生。

为此，我们根据广大小朋友心理发育和学习吸收特点，特别编撰了这套《大名人的启迪小故事》，只要小朋友们随时听讲这些富于启迪性小故事，那么就能开启心灵之门，跟着伟人足迹很好地成长。

这些故事都通过了高度精选，很具有经典性和代表性。同时也通过了高度浓缩，保持了故事梗概和精华，使得故事短小精炼，明白晓畅，非常适宜广大小朋友阅读，也适合广大父母讲给孩子们听！

我们还对故事进行了注音，并配有精美图画，图文并茂、生动形象，能够激发小朋友们的阅读兴趣。因此，本套作品既是广大小朋友们自主阅读的良好选择，也是广大父母给孩子讲故事的最佳读物，希望广大父母和小朋友们喜欢！

目录
Contents

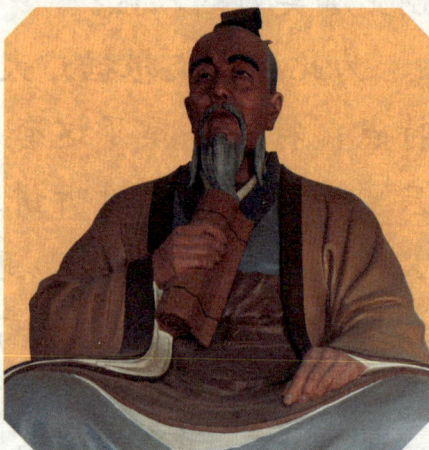

弦 高

——用肥牛犒劳秦军

弦高，春秋时期郑国商人。公元前628年，在国家危难之时，弦高临危不惧，用计谋骗了秦军，为救国做出了很大的贡献。郑穆公以高官厚禄赏赐弦高，弦高坚决不接受，婉言谢绝。

故事发生在春秋时期，公元前628年，郑文公去世后，公子兰继承君位。一心想要向东扩张的秦穆公，决定利用此时郑国国丧的机会消灭郑国。

于是秦穆公命令大将孟明视、西乞术和白乙丙带领兵车400辆进行偷袭郑国。第二年二月，秦军带领的主力走到了滑国境内。

滑国是晋国的一个附属国。秦军到了滑国以后，碰到了郑国的一个商人，这个商人很有名，他就是弦高。

而这个时候的弦高正好赶了十二头牛，他准备要到外面去卖牛。不巧，一下子碰见了远程奔袭的秦军，此时的弦高当即就慌了，他怕秦军杀了他，于是，弦高说道："我们的国君，听说你们要来了，在加强防守的同时，另外派我带着这十二头肥牛前来犒赏秦军。"

弦高编了一套谎话，然后他就把这十二头牛献给了秦军，秦军的三个主帅一听很是惊讶，他们想完了，人家早已经就

yǒu suǒ zhǔn bèi le　　　hái pài rén qián lái xiàn niú　　zhè zhàng bù néng
有所准备了，还派人前来献牛，这仗不能

zài dǎ le　　yě bù néng qù zhèng guó le
再打了，也不能去郑国了。

xián gāo pài huí qu bào xìn de rén gào su le zhèng mù gōng qín
弦高派回去报信的人告诉了郑穆公秦

jūn yào lái tōu xí de xiāo xi hòu　zhèng mù gōng chuán lìng jūn duì lì
军要来偷袭的消息后，郑穆公传令军队立

jí jìn rù dào zhàn bèi de zhuàng tài　dāng kàn dào qín guó de shǐ zhě
即进入到战备的状态。当看到秦国的使者

和随从已经装束停当，手持武器，准备要

行动后，郑国的大臣皇武子就客气地说：

"听说各位要回国，我们没有时间为你们

饯行，在我们郑国的原野上，到处都有麋

鹿出没，请你们自己去猎取吧。"

秦军见此情景，知道郑国军队已经有所准备了，于是，他们被迫放弃了偷袭计划，只好在回国的路上消灭了滑国回去了。

郑国因为弦高的机智爱国，见义勇为而得救了，国君和百姓都很感激弦高。郑穆公以高官厚禄赏赐弦高，弦高坚决不接受，他婉言谢绝了："作为一个商人，我忠于国家是理所当然的，如果受奖，那岂不是把我当作外人了吗？"

弦高就是这样的一个商人，他用了一个小的计谋，再加上一点小小的破费，却办成了一件大事，他挽救了自己的国家，

bìng qiě bì miǎn le yì chǎng zhàn zhēng de bào fā
并且避免了一场 战 争 的 爆 发。

xián gāo zài guó jiā miàn lín wēi nàn zhī jì xiǎng dào de bú
弦高在国家面临危难之际，想到的不

shì bǎo quán zì jǐ de xìng mìng yǔ cái chǎn ér shì cǎi qǔ le jié
是保全自己的性命与财产，而是采取了截

rán xiāng fǎn de jǔ cuò tā wèi le bǎo hù guó jiā de lì yì ér
然相反的举措，他为了保护国家的利益而

xī shēng diào le zì jǐ de cái chǎn
牺牲掉了自己的财产。

子贡

——不取报酬引发的思考

子贡（前520-前456），复姓端木，字子贡，春秋末年卫国人。子贡是孔子的得意门生，孔子曾称其为"瑚琏之器"。子贡不仅在学业、政绩方面有突出的成就，而且他在理财经商上也有着卓越的成就。

鲁国有一道律法：凡是有见到鲁国人在其他国家沦为奴隶的人，要自己垫钱将奴隶赎回，回来后可以从鲁国领取赏金报酬。这一律法使得很多被当做牛马使唤的鲁国人奴隶获得了解救。

子贡也赎回了一个鲁国人，但他却不去接受赏金，鲁国人听说了这件事以后，纷纷称赞他重义轻财。子贡也觉得做了善事，而不求取财物回报是更高的善举，因此他也十分得意。

子贡的老师孔子在听说了这件事情后，却表现的十分生气。孔子对子贡说："你做的这件事情实在是愚蠢啊！"

子贡既委屈又疑惑，他不懂孔子为何骂他。孔子接着说："你仍然不明白这个道理呀，你只是看到了现在，却看不到未来；只看到了眼前方寸，却看不清大局整体。"

"我来告诉你失误的地方吧，鲁国人被

人赎回后，赎人者领取应得的酬报，这是平衡规矩的体现。奴隶在获救后，救人者应当被人称赞，也应当得到相应的酬劳。"

"现在你把这个规矩给打破了，日后当人们再赎回奴隶，若要是领取了赏金，可能会受到别人的嘲笑，被当做贪财之人。若不领取赏金，虽然会得到人们的称赞，但是却会白白蒙受金钱的损失。"

"在鲁国富翁很少，平民却有很多，许多平民是难以承担这些损失的。这么一来，救了奴隶后，要么是被别人嘲笑，要么就是自己要蒙受损失。长此以往下去，大家恐怕都会故意对受苦的奴隶视而不见

了，那还有谁再愿意去救人呢？”

子贡听完后，他羞愧不已，也为自己短浅的想法感到懊恼。

一天，子路救了一个溺水的人，被救的人很是感激他，于是，溺水的人要送一头牛给子路，子路收下了。

孔子听说之后，非常地高兴，孔子说道："从此之后，再见到溺水的人，必定人人奋力相救。"

子贡的错误在于，他把原本人人都能达到的道德标准提高到了大多数人难以企及的高度。如果鲁国君主把子贡之举立为了典范，进行大肆通报、

嘉奖、宣传乃至到进行全国推广，那么会
有什么样的后果呢？

其可以表现为：一方面，社会表面的道
德标准提高了，人人都表态向子贡学习；
而另一方面，道德水准的实际状况

其实是滑坡了，因为头顶已经高悬了子贡这样的道德高标，谁若赎回同胞后再去领取国家的赎金就会被认为是不道德的，然而又有几个人有足够的财力可以保证损失这笔赎金后不至于影响到自己以后的生活呢？

白圭
bái guī

——独特的经商理论

白圭（前463-前365），名丹，战国时期人。《汉书》中说白圭是经营贸易发展生产的理论鼻祖，先秦时商业经营思想家，同时他也是一位著名的经济谋略家和理财家。

白圭有一套独到的经商术，他把自己的经营原则总结为八个字"人弃我取，人取我与"。其具体的做法是在收获季节或者是在丰收年时，农民在大量出售谷物时，应该适时的购进谷物，再将丝绸、漆器等生活必需品卖给这时比较宽裕的农民。

在年景不好或是青黄不接的时候，要适时的出售粮食，同时再次购进滞销的手工业原料和产品。白圭所说的"与"，是予人实惠的意思。

当某些商品积压滞销时，一些奸商会等待着价格贬得更低时再大量购进，而这时的白圭却会用比别家高的价格来收

购；等市场粮食匮乏时，奸商们又囤积

居奇，而白圭却以比别家低廉的价格及时

销售，从而满足了人民的需求。

白圭的这种经营方法，既保证了自

己能够取得经营的主动权，获得丰厚的利

润，又在客观上调节了商品的供求和价

格，从而在一定程度上也保护了农民、个
体手工业者以及一般消费者的利益，无怪
乎白圭自谦为"仁术"。

白圭为国理财时，他常从大处着眼，
通观全局，在经营上他从不嫌弃小惠小

利，也从不靠诡计进行欺诈。白圭会将货物流通与发展生产联系起来，既能使其经营生财，又使生产有利其发展，他认为只有以足补缺，以丰收补歉收，才能够使全国各地的物资互相支援，从而达到在辅民安民的同时又为国家理财致富的目的。

其具体做法是：如果一个地方盛产蚕茧，白圭就购进这些产品，然后再用谷物等其他当地缺少的东西去换。

如果一个地方粮食丰产，白圭就去购进他们的粮食，然后用丝、漆等类必需品去和他们进行交换。这样就能使全国的货物得到流通，既利于人民生活，又能从

中 赚取利润，可谓是一举两得，利国又利民。

白圭的经商理论，概括为四个字就是智、勇、仁、强。

白圭说："经商发财致富，就要像伊尹、吕尚那样筹划谋略，像孙子、吴起那样用兵果断。如果智能不能权变，勇不足以决断，仁不善于取舍，强不会守业，那就无资格去谈论经商之术了。"

白圭的这些经商理论，也被后世商人效法和借鉴。

吕不韦
lǔ bù wéi

——帮助子楚成为太子

吕不韦（前292－前235），姜姓，吕氏，名不韦，战国末年著名商人、政治家、思想家。主持编纂《吕氏春秋》，有八览、六论、十二纪共20余万言，其汇合了先秦各派学说，史称"杂家"。

lǔ bù wéi shì yáng zhái de dà shāng rén   tā wǎng lái gè
吕不韦是阳翟的大商人，他往来各

dì   yǐ dī jià mǎi jìn   gāo jià mài chū   cháng nián lěi yuè
地，以低价买进，高价卖出，长年累月，

lǔ bù wéi jī lěi qǐ le qiān jīn de jiā chǎn
吕不韦积累起了千金的家产。

gōng yuán qián   nián   ān guó jūn bèi lì wéi le tài zǐ
公元前265年，安国君被立为了太子。

ān guó jūn yǒu gè fēi cháng chǒng ài de fēi zi   lì tā wéi le
安国君有个非常宠爱的妃子，立她为了

zhèng fū ren   chēng zhī wéi huá yáng fū ren   ān guó jūn yǒu gè pái
正夫人，称之为华阳夫人。安国君有个排

háng jū zhōng de ér zi míng jiào zǐ chǔ   zǐ chǔ de mǔ qīn bìng bú
行居中的儿子名叫子楚，子楚的母亲并不

受到宠爱，因此，子楚作为秦国的人质被派到了赵国，他在赵国的生活非常困窘。

吕不韦到邯郸去做生意时，他见到子楚后非常喜欢。吕不韦说："子楚就像一件奇货，可以囤积居奇，以待高价售出"。

吕不韦对子楚游说道："我能光大你的门庭。"

子楚笑着说："你姑且先光大自己的门庭，然后再来光大我的门庭吧！"

吕不韦说："你不懂啊，我的门庭要等待你的门庭光大了才能光大。"

子楚心知吕不韦所言之意，就拉他坐在一起深谈。

吕不韦说："秦王已经老了，安国君被立为太子。我听说安国君非常宠爱华阳夫人，而华阳夫人又没有儿子，现在能够选立太子的只有华阳夫人一个。你的兄弟有二十多人，你又长期被留在赵国当人质，所以，你也不要指望继承太子之位啦。"

子楚说："那我该怎么办呢？"

吕不韦说："你很贫窘，也拿

不出什么来献给亲长，结交宾客。我吕不韦虽然不富有，但愿意拿出千金来为你西去秦国游说，让他们立你为太子。"

子楚叩头拜谢道："如果实现了您的计划，我愿意分秦国的土地和您共享。"

后来，吕不韦把他的财产分为了两半，一半给了子楚，让他用钱来包装自

己，去结交天下的豪杰，另一半吕不韦自
己拿着去了秦国。

来到秦国以后，吕不韦通过华阳夫
人的姐姐见到了华阳夫人，他对华阳夫人
说：子楚天生聪明，他对夫人十分想念，
还会经常掉下泪来。这一番话说的华阳夫
人十分高兴。

后来，吕不韦又通过华阳夫人的姐姐说：如今夫人虽然已经是安国君的夫人了，可是夫人本身没有孩子，如果安国君一旦死去，那么夫人如何在秦国立足呢？

夫人现在应该在安国君的儿子当中过继一个儿子作为养子，并把他立为太子，等他继了位，你才不会失掉现在的荣华富贵呀。如果你立子楚为太子，那么他必定对你感恩戴德。就这样在吕不韦和华阳夫人的作用下，子楚被立为了太子。

吕不韦敢于冒险的个性，使他一夜之间由一个与政治毫无干系、与秦国毫无亲缘的纯商人变成了秦国的相国。

王元宝

——正月初五拜财神

王元宝，唐朝开元间人，富可敌国。琉璃在唐朝十分珍贵，他靠贩运琉璃发家。王元宝的许多生活习惯，如正月初五拜财神、吃发菜等，对于民间民风民俗有着极其深刻的影响，并且流传至今。

中国汉族民间有正月初五拜财神，和财神爷巡游汉族民间送福送财的习俗，据说这些都与王元宝有关。

王元宝发迹之后，吃水不忘打井人，他念念不忘财神爷。在王元宝家里供奉的是财神爷，商号里祭拜的是财神爷。

他还在长安捐善款建造了财帛星君

庙，并且还聘请了国内的高道主持，四时供奉，香火旺盛。每年的正月初五商号开张这天，王元宝都要早起到财帛星君庙上第一炷香。

于是人们纷纷效仿，也都在正月初五的清晨到财帛星君庙

上香，有时甚至连唐

玄宗都到星君

庙上香。

初五之后，

王元宝还要出巨

资，请财神爷到

长安大街小巷巡游，

巡游路上财神爷由招财童子和利市仙官

护卫，招财童子和利市仙官还要给路人分

发彩头或红包，从而吸引了百姓的踊跃尾

随，他们竞相争抢着彩头和红包。

沿街商铺则摆上了贡品，

点上了高香，他们迎接财神爷

shàng xiāng，yǒu shí shèn zhì lián táng
上香，有时甚至连唐

xuán zōng dōu dào xīng jūn
玄宗都到星君

miào shàng xiāng
庙上香。

chū wǔ zhī hòu
初五之后，

wáng yuán bǎo hái yào chū jù
王元宝还要出巨

zī，qǐng cái shén yé dào
资，请财神爷到

cháng ān dà jiē xiǎo xiàng xún yóu
长安大街小巷巡游，

xún yóu lù shang cái shén yé yóu zhāo cái tóng zǐ hé lì shì xiān guān
巡游路上财神爷由招财童子和利市仙官

hù wèi，zhāo cái tóng zǐ hé lì shì xiān guān hái yào gěi lù rén fēn
护卫，招财童子和利市仙官还要给路人分

fā cǎi tóu huò hóng bāo，cóng ér xī yǐn le bǎi xìng de yǒng yuè wěi
发彩头或红包，从而吸引了百姓的踊跃尾

suí，tā men jìng xiāng zhēng qiǎng zhe cǎi tóu hé hóng bāo
随，他们竞相争抢着彩头和红包。

yán jiē shāng pū zé bǎi shàng le gòng pǐn
沿街商铺则摆上了贡品，

diǎn shàng le gāo xiāng，tā men yíng jiē cái shén yé
点上了高香，他们迎接财神爷

jìn mén　　cái shén yé　lù guò jiā mén shí　shāng jiā hái yào rán fàng
进门。财神爷路过家门时，商家还要燃放

biān pào　　sān bài jiǔ kòu　　bìng qiě tā men hái yào wèi cái shén yé
鞭炮、三拜九叩，并且他们还要为财神爷

xiàn shàng suí　xǐ qian
献上随喜钱。

dà　de shāng hào hái yào qǐng
大的商号还要请

cái shén yé zhù zú　　wèi cái shén
财神爷驻足，为财神

爷举办盛大的祭祀活动，放鞭鸣炮，迎请财神爷降临，同时，他们还会邀请汉族民间剧团为财神爷唱戏。

当时的长安，每到正月初五这一天，家家户户迎神。各个店铺闻鸡鸣即起，开始接神，放鞭鸣炮，在招幌上挂红布，庆祝开市大吉，共喝财神酒。

王元宝的祭品中喜欢用一条黄河大鲤鱼，老百姓称鲤鱼为"元宝鱼"、"活元宝"。长安街头每逢初五的早上必有叫卖

元宝鱼者，各店铺也是争相购买。

人们用线穿鱼脊并挂在房梁上，鱼头朝内，身上贴红纸元宝，寓意可以"招财进宝"。长此以往，这种风俗传播到了全国各地，形成了正月初五拜财神和财神爷巡游汉族民间送福送财的习俗。

王元宝还是一个著名的慈善家。据史书记载，每年大雪之际，他都会让仆人到巷子里扫雪，并拿出餐具酒炙，为来往之人作驱寒之用。每年在科举考试之前，众多士子也都会受到王元宝的热情款待。

沈万三
shěn wàn sān

——"聚宝盆"的传说

沈万三（1296-1376），本名沈富，字仲荣，俗称万三，元末明初商人。他通过开展海外贸易迅速成为了"资巨万万，田产遍于天下"的江南第一豪富。周庄"以村落而辟为镇"，也实为沈万三之功。

据传，明朝洪武年间，沈家村有个财主名叫沈万三，在他的家里有土地九顷，雇用长短工10多人。

有一年逢大旱，草木将要旱死了，可是在沈万三家中割草的佣人，却每天都能割到一捆油绿鲜嫩的草，日子长了，沈万三感到很奇怪，

于是他就问割草人："天这么旱，你是怎么割来的这么多好的青草"。

当时，割草佣人并没有把割草的地方如实告诉东家。于是，沈万三一连几天都跟在割草人的后边，只见割草人每天都会在沈家村北一华里处的沈家桥底睡觉，睡到中午无人时，才会去村北牛蛋山上割草。

一天，沈万三强令割草人领他去割草的地方。到了割草的地方，沈万三看到岭上有一片圆形的草地上长着绿油油的青草，于是他就让割草人割，割后随即又长出了新的来，割得快，长得也快，此时的沈万三感到非常奇怪。

左思右想后沈万三明白了，此山西南靠凤凰山，凤凰不落无宝之地。第二天，沈万三带着两人到那里挖出了一个铁盆。

后来沈万三买了一头猪，他用铁盆来喂猪，猪长的很快，他把猪杀了以后，就用此盆洗手洗脸。

一次沈万三的儿媳妇洗脸时，不小心把一枚戒指丢进了盆中，结果是戒指越捞越多。沈万三知道后，认为此盆是件好东西。沈万三得宝后，他借助宝盆的财力，为村民打了72眼井，铺路架桥造福村民。

数年后，长江决口，朝内推测某地方一定出现了宝贝，皇帝下告示："谁若能堵住长江决口，就赐给谁高官厚禄"。

沈万三知道后，他揭回了告示，带着"聚宝盆"来到南京与皇帝讲好条件，皇帝随口答应"四更借、五更还"。

沈万三来到决口处，他拿出"聚宝盆"往盆内放入一把土，然后又放到决口后，立即就堵住了决口。

然后，沈万三去朝内讨取高官厚禄，并到五更去取"聚宝盆"，谁知道等到了天明，才打四更鼓，据说这是皇上为了骗取宝物将五更改为了四更，南四北五的说法也是由此说起的。

沈万山到朝内就被扣住了，皇上问了他得宝的情况，并说他得宝不献，罪该万死，前辈该斩，后灭九族。

后来，沈万三家的坟墓被掘成了坑，沈井村的百姓听说沈万三得宝不献，犯

了灭门之罪，他们有的外逃，有的改名换姓，沈家从此绝后，沈家村的水井也被填平了。

后来，来此处定居的人们，为了不忘记沈万三的恩义，又把该村易名为沈井村，但至今沈井村也没有一家是姓沈的。

沈万三当时的住宅在沈

井村东南角，在大跃进时期，沈井村的魏

某在平整土地时，一镢揭开了一眼神秘的

井。这口井石砌的结构很完整，表层已经

风化变黄，这眼古井就是当年沈万三用过

的水井。

范世逵
fàn shì kuí

——独辟蹊径的经商策略

范世逵（1498-1557），字希哲，别号东山，明代山西商人。范世逵在经商中，看准时机，或囤积，或购进，或售卖，生意越做越大，数年内获利丰厚，从此便成为了名扬西北的大商人。

明代，盐的运销实行了开中制。所谓
开中，就是由政府统一控制着盐的生产
和盐的专卖权，根据边防需要，定期或不
定期的出榜召商，应招商人必须把政府
所需要的实物输送到各个边防卫所，这样
商人才能取得贩盐的专利执照（盐引），
然后商人凭着盐引到指定的盐场支盐，并

在指定的行盐地区内销售。

　　当时，销量最多的是两淮盐。凡两淮盐商，需输纳实物到甘肃、宁夏等边防卫所，然后领取盐引，凭引在两淮盐场支盐。但是，由于官僚显贵、势豪奸绅的上下勾结，势豪占中，一般盐商持引不能在

盐场及时支到盐，有时要等到数年或者是数十年。加之，输纳实物到边防卫所有时会遇到战事，还要向各级官僚馈赠贿赂，使两淮盐商的利益大受影响，以致亏赔不支，由此被迫退出盐商界。

范世逵分析了整个盐业界的形势发展后，他认为输粮换引"奇货可居"。他亲自到了关陇至皋兰，和往来的张掖、酒泉、姑臧等地，了解那里的地理交通情况。

情况了解熟悉后，范世逵便在这一带专门经营粮、草，他或囤积、或出手、或购进、或销售，生意做得很自由也很活络，数年内他获得了极大的财富。

虽然范世逵做生意的数额都很大，但是他一直遵守着奉公守法的政策。所以，河西都御史和边防将校，都愿意与范世逵交往，对他也甚为礼敬。

范世逵经商致富后，家业大兴，有良田数百亩，积蓄银两数以万计。但是，范世逵穿的衣服、用的东西、乘的车马却一点都不奢华。他为人好义，经常救人于急难。

shǎn xī sān yuán rén chén hǎi fàn fǎ zuò jiān　　fàn shì kuí
陕西三原人陈海犯法坐监，范世逵

kě lián tā yuǎn lí jiā xiāng　　yú shì chū zī shú tā chū yù　　hòu
可怜他远离家乡，于是出资赎他出狱，后

lái　　chén hǎi yòu tōu qiè le fàn shì kuí de xǔ duō yín liǎng táo zǒu
来，陈海又偷窃了范世逵的许多银两逃走

le　　rén men dōu qiǎn zé chén hǎi　　shuō tā shì gè xiǎo rén
了。人们都谴责陈海，说他是个小人。

fàn shì kuí què shuō　　　cǐ rén wǒ dài zhī yǒu ēn　　　ǒu
范世逵却说："此人我待之有恩，偶

ěr cái mí xīn qiào　　dài tā xǐng wù hòu　　hái huì huí lai　　wán
尔财迷心窍，待他醒悟后，还会回来'完

bì guī zhào　　de
璧归赵'的。"

guǒ rán，bù jiǔ zhī
果然，不久之
hòu，zhēn de rú fàn shì
后，真的如范世
kuí suǒ shuō de nà yàng
逵所说的那样，
chén hǎi fǎn huán le fàn shì
陈海返还了范世
kuí de qián cái　cǐ shì
逵的钱财。此事
zhī hòu，zhòng rén dōu gèng
之后，众人都更
jiā pèi fu fàn shì kuí de shí rén
加佩服范世逵的识人
néng lì le
能力了。

fàn shì kuí jīng shāng néng rén qì wǒ qǔ　dú bì xī jìng
范世逵经商能人弃我取，独辟蹊径，
zài yǔ rén xiāng chǔ shí　tā yòu néng zhī rén　zhēn kě wèi yǒu dǎn
在与人相处时，他又能知人，真可谓有胆
yǒu shí　zhè dà gài jiù shì fàn shì kuí jīng shāng néng gòu qǔ dé
有识，这大概就是范世逵经商能够取得
chéng gōng de yuán yīn ba
成功的原因吧。

侯德榜
hóu dé bǎng

——开创祖国制碱工业

侯德榜（1890-1974），字致本，名启荣，著名科学家，杰出的化工专家。"侯氏联合制碱法"的发明者，著有《制碱》，在他的技术指导下，中国在20年代成立了亚洲第一大碱厂，被誉为中国近代工业进步的象征。

1921年春，美国哥伦比亚大学研究院里，侯德榜正在阅读着一封来自祖国的信，这是实业家范旭东先生寄给他的。

信中说到，由于第一次世界大战爆发后纯碱产量大大减少，英国一家制造纯碱的公司乘机谋取暴利，碱价涨了七八倍，甚至不供货给中国，以致中国以碱为原料的工厂纷纷倒闭了！

中国工业的发展需要纯碱，可自己又不会生产，完全依靠进口，如今被英国人卡住了脖子，知道这些后侯德榜很是气愤。

同时，范旭东信上还讲到他决定筹建永利制碱厂，使中国也能生产纯碱，特邀请侯德榜回国担任总工程师。这当然是件鼓舞人心的大好事。为了振兴中华民族的工业，为了祖国的需要，他毅然决定投身于祖国的制碱事业。

侯德榜回

国后担任了永利制碱厂总工程师,他决心创建中国的第一家制碱工厂。由于外国制造商的垄断封锁,侯德榜只了解苏尔维制碱法以食盐、石灰石、氨为主要原料,其他得不到半点技术资料。一切都只好靠自己来摸索研究。

多年的学习深造,使他不仅具备扎实、系统的基础知识和化工专业知识,而且实验经验十分丰富。他不断地刻苦研究、实验、探索,终于设计好了流程,安装好了设备,可以试生产了。

谁知一生产就遇到问题。高高的蒸氨塔突然晃动起来,发出巨响。侯德榜赶

紧命令停车，一检查，原来所有的管道都被白白的沉淀物堵住。他冷静下来仔细研究思考，最后想出了加干碱的办法，才使沉淀物慢慢掉了下来。

经过几年的努力，中国第一家制碱厂建成并正式生产了！再经过不断的技术改进，生产出来的碱纯洁雪白，碳酸钠含量达到99%以上。

中国人终于甩掉了那只卡住脖子的手，打破了英商垄断，探索出苏尔维制碱法的奥秘，自己生产出了纯碱！

中国的永利制碱厂，成为全世界第31家，远东、亚洲第一家能用苏尔维法制碱

de gōng sī
的公司。

nián yuè zhōng guó yǒng lì zhì jiǎn chǎng shēng chǎn
1926年8月，中国永利制碱厂生产

de hóng sān jiǎo pái chún jiǎn zài měi guó fèi chéng de wàn guó
的"红三角"牌纯碱，在美国费城的万国

bó lǎn huì shang bèi rèn wéi shì zhōng guó gōng yè jìn bù de xiàng
博览会上，被认为是"中国工业进步的象

zhēng huò dé jīn zhì jiǎng zhāng yǒng lì zhì jiǎn chǎng de rì chǎn
征"获得金质奖章。永利制碱厂的日产

liàng bú duàn tí gāo
量不断提高，

不仅供应全国，还畅销到了日本和东南亚。

1937年，侯德榜积极筹建的南京硫酸铵厂建成投产。在新中国建立前几十年，直到1974年8月26日他离开人世，侯德榜始终呕心沥血，他为振兴祖国化学工业作出了卓越贡献。

吴蕴初
wú yùn chū

——努力创制国产味精

吴蕴初（1891－1953），化工专家，著名的化工实业家，我国氯碱工业的创始人。他研究成功味精，在我国创办了

第一个味精厂、氯碱厂、耐酸陶器厂和生产合成氨与硝酸的工厂。为我国化学工业的兴起和发展作出了卓越的贡献。

20世纪20年代初的上海，外国商品大量涌入中国市场，其中日本的"美女牌味之素"以其味道鲜美受到消费者的青睐。吴蕴初想：我们中国难道就生产不出类似的调味品？

吴蕴初搞清了日本"味之素"的成分，于是他下决心要制造出中国的"味之素"来。他在实验室里反复做着实验，不知熬过了多少个不眠之夜，又经历了多少的甜酸苦辣。功夫不负有心人，他花了整整一年多的时间，在经历了一次次实验、一次次失败和取得一个个数据以后，吴蕴初终于获得了成功。

那是1922年初春的一个凌晨，困倦不已的吴蕴初夫妇，又一次获得了几十克白色的晶体，需要检验一下。令人惊喜的是，这结晶正是日本人占领中国市场的东西，它的含量超过了日本的"美女牌味之素"！

实验获得了成功，还仅仅是迈出了第一步。要生产味精，需要一笔不小的资金，这对当时的吴蕴初来说是无能为力的。谁愿意为这小小的晶体投资呢？他想

出了一个好主意。

一天，吴蕴初来到"满庭芳聚丰园"饭店用餐，这是一家名闻遐迩的餐馆。他用餐时故意当着大家的面将一小瓶中的几颗晶体撒入菜肴中，随后津津有味地吃起来。他的举动引起了食客们的注意和好奇。

"莫不是'美女牌味之素'吧？"有人说。

吴蕴初说："那可是比'美女牌味之素'还要鲜的调味品，不信你尝尝。"

有一个叫王东园的酱园推销员，试尝后觉得不错，便向老板推荐。老板名叫张逸云，他非常赏识吴蕴初的才华和为国争气的民族自尊心，很爽快地答应出资支持吴蕴初办厂。他们经过认真商讨决定，将"天厨"作为厂名，给产品取名为"味精"，商标为"佛手牌"，并且于1923年8月进行了注册登记。

天厨味精厂第一个月就生产出了约225千克味精。天厨味精的影响愈来愈大，面对如此喜人局面，吴蕴初和张逸云决定加大投资力度，进一步扩大生产能力，乘胜出击，去夺回市场，将日本"味之素"

逐出国门。

天厨味精的质量、信誉与产量的增长并驾齐驱，1925年获全国地方物品展览会一等奖，1926年获美国万国博览会大奖，为我国民族工业写下了绚丽的一章。

吴蕴初在中华民族内忧外患、民族工业困难重重的时刻，创建了天厨味精厂、天原化工厂、天利氮气厂，开拓了我国的氯碱工业，为我国化工工业的发展作出了卓越的贡献。

卡内基
kǎ nèi jī

——由投资股票成为"资本家"

安德鲁·卡内基（1835-1919），出生于苏格兰古都丹弗姆林。他是控制美国的十大财阀之一。卡内基以借来的500元股票为起家资本，成为美国数一数二的大富豪，享有钢铁大王的美誉。

卡内基13岁那年，成了一名信差。17
岁那年，卡内基接待了一位客户——新上
任的宾法夕尼亚州铁路匹兹堡西部管理局
局长汤姆·斯考特先生。

斯考特先生英姿雄发，温文尔雅。

"安德鲁，能不能帮我赶快把这15封

diàn bào pāi fā chu qu
电报拍发出去？”

shì　　lì kè zhào bàn
“是，立刻照办。”

kǎ nèi jī jiāng　　fēng diàn bào quán bù pāi fā wán hòu　　sī
卡内基将15封电报全部拍发完后，斯

kǎo tè xiān sheng zài sān dào xiè hòu lí kāi　　dàn dào zhōng wǔ de shí
考特先生再三道谢后离开。但到中午的时

hou　　tā yòu ná zhe xiāng tóng de diàn wén　　qǐng qiú pāi
候，他又拿着相同的电文，请求拍

fā　　bìng tè bié zhǐ míng　　qǐng ān dé lǔ
发，并特别指名："请安德鲁

pāi fā
拍发！”

yì tiān zǎo shang　　sī kǎo tè xiān
一天早上，斯考特先

sheng hé wǎng cháng yí yàng lái dào
生和往常一样来到

diàn bào gōng sī　　hé qián lái shì
电报公司，和前来事

wù suǒ shì chá de diàn bào gōng sī
务所视察的电报公司

dǒng shì zhǎng huì tán
董事长会谈。

chéng kè de shù liàng
“乘客的数量

zhí xiàn shàng shēng   yīn cǐ wǒ xiǎng zài ā lè gé ní xié pō dì
直线上升，因此我想在阿勒格尼斜坡地

dài de tiě lù de shān lù xià dān guǐ xiàn lù zhōng diǎn yǔ pǐ zī
带的铁路的山麓下单轨线路终点与匹兹

bǎo de guǎn lǐ gōng sī zhī jiān jià shè zhuān yòng de zhí tōng diàn bào
堡的管理公司之间架设专用的直通电报

xiàn   sī kǎo tè xiān sheng zhè yàng shuō dào
线。"斯考特先生这样说道。

méi wèn tí   wǒ men dāng zūn zhào bàn lǐ
"没问题，我们当遵照办理。"

dǒng shì zhǎng yú kuài de huí dá dào
董事长愉快地回答道。

hái yǒu   zhuān xiàn de bào
"还有，专线的报

wù yuán rén xuǎn   wǒ xiǎng zhǐ dìng ān
务员人选，我想指定安

dé lǔ   kǎ nèi jī
德鲁·卡内基。"

kǎ nèi jī cí
卡内基辞

qù le diàn bào gōng sī
去了电报公司

de zhí wù   zhuǎn wǎng
的职务，转往

zài tiě lù guǎn lǐ jú
在铁路管理局

的斯考特事物所工作。

有一天，斯考特问卡内基："喂，卡内基，你能筹集到500元吧？"

"我的一位朋友过世后，他太太将遗产的股份卖给友人的女儿。现在这位女士急需用钱，想转让股份，是亚当斯快运公司的10股股票，恰好500元 红利是一股1元。这是非常稳定的股票，很快就会涨价。我想你应该买的。"斯考特先生平静地说。

"500元？这么大的一笔钱，我筹不出来。"卡内基将斯考特先生婉言拒绝。斯考特先生说："那我先垫好了，好歹要把

tā mǎi xia lai
它买下来。"

shì kǎ nèi jī bù hǎo tuī cí jiù dā ying xia
"是。"卡内基不好推辞，就答应下

lai dàn dì èr tiān sī kǎo tè xiān sheng jǔ sàng de wèn dào
来。但第二天，斯考特先生沮丧地问道：

duì bu qǐ rén jia fēi yuán bú mài hái yào ma
"对不起，人家非600元不卖，还要吗？"

yào wǒ hái shi yāo mǎi xia lai xiān dài wǒ fù
"要。我还是要买下来。先代我付600

yuán zhè huí kǎ nèi jī de jīng shen què lái le huò xǔ shì
元。"这回卡内基的精神却来了，或许是

tā běn shēn suǒ gù yǒu de jiān qiáng hé
他本身所固有的坚强和

zì xìn cù shǐ tā dā ying le
自信促使他答应了

xià lái
下来。

nián
1856年5

yuè kǎ nèi jī
月，卡内基

xiě le yì zhāng
写了一张610

yuán de jiè jù
元的借据，

并且写明还款期限是半年后的11月1日。他把借据和股票当担保，留给斯考特。半年利息10元。这相当于第一次所分配的红利的数目。

不久，一封写着"安德鲁·卡内基先生"的信寄到卡内基手中，信封里装有10元红利的支票。卡内基毫不犹豫地把它还给斯考特先生作为利息。

那一刻，他沉浸在"我也是资本家"的成就感之中，这着实让他高兴了好一阵子。从此，卡内基便走上了资本家的道路。

摩　根
mó　gēn

——投资咖啡发大财

约翰·皮尔庞特·摩根，1837年4月17日在美国出生。他是一个天才的投机家，他大肆对外扩展，摇身一变成为国际投资家，开创超越大英帝国的盛世；他统治下的庞大经济帝国曾控制美国经济的1/4。

摩根在邓肯商行实习期间，有一次去古巴的哈瓦那采购了鱼、虾、贝类及砂班等货物。在回来的途中，他发挥了自己的冒险精神。

当时，轮船停泊在新奥尔良，他信步走过了充满巴黎浪漫气息的法国街，来到了嘈杂的码头。

码头上，晌午的太阳烤得正热，远处停泊
着两艘从密西西比河下来的轮船，黑人们
正忙碌着上货、卸货。

"哥们，怎么样？想买咖啡吗？"一
位陌生白人从后面拍了拍他的肩，问道。

那人自我介绍说他是来自巴西的货船船长，因受托于巴西的咖啡商，从那里运来了一船咖啡。没想到美国的买主已破产，只好自己推销。

如果谁愿出现金，他可以以半价出售。这位船长大约看出摩根穿戴考究，具有钱人的派头，就拉他到酒馆谈生意。

摩根考虑了一会儿，决定买下这些咖啡。随后，他就带着咖啡样品到新奥尔良所有与邓肯商行有联系的客户那儿去推销。经验丰富的公司职员要他谨慎行事，价钱虽然让人心动，但舱内的咖啡是否同样本一样，谁也说不准，何况，以往还发

生过船员欺骗买主的事。

但摩根已下定决心。他以邓肯商行的名义买下全部咖啡，并发电报给纽约的邓肯商行："已买到一船廉价咖啡。"

不料，邓前商行回电严加指责："不许擅用公司名义！立即撤回交易！"

摩根对公司下达的命令感到很气愤，他马上发电给在伦敦的父亲。在父亲的默许下，用他伦敦公司的户头，偿还了挪用邓肯商行的金额。接着，他又在那名船长的介绍下，买了其它船上的咖啡。

摩根赢了！就在他买下这批货物不久，巴西咖啡因受寒而减产，价格一下子

měngzhǎng le bèi mó gēn dà zhuàn le yì bǐ bú dàn dèng
猛涨了2-3倍。摩根大赚了一笔，不但邓

kěn duì tā zàn bù jué kǒu lián tā yuǎn zài lún dūn de fù qīn yě
肯对他赞不绝口，连他远在伦敦的父亲也

lián kuā ér zi yǒu chū xi yǒu chū xi
连夸儿子："有出息，有出息！"

mó gēn chū cì shè zú kā fēi tóu jī jiù huò dé bào lì
摩根初次涉足咖啡投机就获得暴利，

xiǎn shì le tā tóu jī jiā de tiān cái cǐ hòu tā guǒ duàn chā
显示了他投机家的天才。此后，他果断插

shǒu hēi shì zhèng quàn jiāo yì zhuàn le yì bǐ dà
手黑市证券交易赚了一笔大

qián yòu dǎo mài huò ěr pò qiāng tóu jī tiě lù
钱，又倒卖霍尔破枪，投机铁路

shì yè yí bù bù mài xiàng shì yè de diān fēng
事业，一步步迈向事业的颠峰。

mó gēn de chéng gōng gào
摩根的成功告

su wǒ men jī yù
诉我们：机遇

zǒng shì tè bié qīng lài
总是特别青睐

yú qiáng zhě yīn wèi
于强者，因为

qiáng zhě zuò hǎo le yí qiè
强者做好了一切

准备，随时等待着机遇的光临。一个有志者要想获取成功，单靠天才，单靠努力还远远不够，还应当善于创造时机，及时把握机遇，不因循，不守旧，不观望，不退缩，想好了就做，有尝试的勇气，有实践的决心。只有这样，才能够获得成功。

洛克菲勒
luò kè fěi lè

——父亲的影响涉足商业

约翰·D·洛克菲勒（1839—1937），
yuē hàn　　　　　luò kè fěi lè

出生于纽约。他是控制美国的十大财阀之
chū shēng yú niǔ yuē　　　tā shì kòng zhì měi guó de shí dà cái fá zhī

一，石油界无情的垄断
yī　　shí yóu jiè wú qíng de lǒng duàn

者，世界著名的亿万富
zhě　　shì jiè zhù míng de yì wàn fù

翁。他已成为美国"镀
wēng　　tā yǐ chéng wéi měi guó　　dù

金时代"新工商业巨
jīn shí dài　　xīn gōng shāng yè jù

头的代名词，发家致富
tóu de dài míng cí　　fā jiā zhì fù

的智慧化身。
de zhì huì huà shēn

约翰·D·洛克菲勒幼年时跟着父母搬到了俄亥俄州伊利湖畔的克利夫兰。在小约翰11岁时，父亲大比尔（威廉·洛克菲勒）涉嫌施暴家里的女佣被起诉，当郡法庭要传他时，他就逃出去了。

自从父亲失踪以后，作为长子的约翰，自然就担起了家里的重担。约翰把自己的工资按每小时0.37元计算，全都记在本子上，准备父亲回来时再向他结帐。

yì tiān　　yuē hàn zài mí hu zhōng tīng dào le gǒu jiào shēng
一天，约翰在迷糊中听到了狗叫声，

jiē zhe　　pā　　de yì shēng chuāng hu de bō li dǎ pò le
接着"啪"的一声，窗户的玻璃打破了，

yì kē xiǎo shí zǐ diào zài bèi zi shang
一颗小石子掉在被子上。

diē　　　　yuē hàn gé zhe mén xiǎo shēng jiào zhe
"爹！"约翰隔着门小声叫着。

"嘘！小声点"。父亲看着儿子。

"这个是给你的。"父亲又像往常一样把三张 1 元的新钞票塞到约翰手里。微笑着说："去睡吧！我的儿子。"

小约翰欢天喜地地说："这些钱，我还要存起来，派大用场。"

"你的瓷罐里，大概存了不少钱吧？"

"我贷了50元给附近的农民。"小约翰满脸骄傲的神情。

"噢？50块呵？"这下父亲惊讶了。

"利息7.5%，到了明年就能拿到3.75元的利息。另外我在马铃薯田里帮你的工，每小时0.37元，明天我把本子拿来给你看。其实，像这样出卖劳动力是很不划算的。"

小约翰毫不理会父亲的惊讶，滔滔不绝地说着，一副精明商人的口气。父亲凝视着这个12岁就懂得贷款赚钱的儿子，又

shì xīn téng yòu shì xǐ ài
是心疼又是喜爱。

nián yuè rì yuē hàn kāi shǐ le rén shēng de xīn lǐ
1855年9月26日，约翰开始了人生的新里

chéng tā zhǎo dào le yí fèn gōng zuò xīn shui shì měi zhōu yuán
程，他找到了一份工作，薪水是每周3.5元。

rén shēng zhǐ yǒu kào zì jǐ zuò shēng yì yào chèn zǎo
"人生只有靠自己，做生意要趁早。

rén shēng zhǐ shì qián qián qián zài měi guó yóu qí rú cǐ
人生只是钱！钱！钱！在美国尤其如此。"

fù qin měi cì huí lai
父亲每次回来，

zǒng shì bú yàn qí fán de gěi yuē
总是不厌其烦地给约

hàn xǐ nǎo xiàng tā guàn shū
翰洗脑，向他灌输

jīn qián yì shí shāng yè yì
金钱意识、商业意

shí yuē hàn shēn shòu fù qin
识，约翰深受父亲

de yǐng xiǎng yú shì niàn
的影响。于是，念

wán gāo èr yǐ hòu yuē hàn
完高二以后，约翰

biàn qù niàn le sān gè yuè
便去念了三个月

的商业专科学校。

三个月的速成教育，使约翰仅学会了会计和银行学，之后他寻找职业。几周的奔波，他终于找到一家叫休威·泰德的公司，这是一家兼营货运业的中间介绍商，他的工作是会计助理。

1855年9月26日，后来成了约翰个人日历的喜庆日，他把它当作自己的第二个生日来纪念，他后来回忆说："就在那儿，我开始了我的商业生涯。"

亨利·福特
hēng lì fú tè

——制造出代替马的机器

享利·福特（1863-1947），出生于美国。这位富于传奇色彩的巨人从底特律开始起步，一次以命相搏的汽车表演让他声名大噪，财源随之滚滚而来。福特逐渐由一无所有的庄稼汉成为汽车帝国之王。

1891年秋天，福特来到底特律，他所看到的东西和所听到的事使他震惊。福特所看到的那件"东西"其实是一台汽油发动机。当福特仔细研究了这一台最新的机器时，简直被震惊了！

这种新型汽油内燃机重量轻，体积小，结构紧密，加工精巧，最令人惊叹的是它独特的四冲程循环系统设计方案。

在第一冲程上，活塞把雾状的燃料导入汽缸，第二冲程则负责把燃料压缩，第三冲程是点火引爆装置，而膨胀后的气体则推动活塞冲向最后的第四冲程，然后排放出废气，又开始新一轮

的循环。

目标一经确定，福特便全力以赴，他对内燃机一触即通，但对与点火密切相关的电的知识却相当欠缺。并且他做试验，需要买工具，买材料，这要有钱作前提。

到了底特律后，福特在爱迪生照明公司上班。后来被调到总厂，负责技术工作。那段日子，他非常忙。但是不管有多忙，福特都不曾中断过自己的研究。

福特把自己大部分的时光都投入到了机械天地里，钟表、农用机械、发动机、内燃机，几乎所有旋转的机器都能引起他的兴趣，令他痴迷。然而现在，他确定了

自己的目标——制造出代替马的机器。

　　其时，致力于这一领域的并非只有福特一人，底特律正在形成制造"自动马车"的热潮，它正把美国一步步地推向汽车时代，福特只是这个大潮中的一个弄潮儿。

　　美国第一辆车的制造者是查尔斯·杜

里埃，1893年，他的命名为"美国制汽油发动机车1号"的汽车公开行驶上路，引起了巨大轰动。对此，福特处之淡然，他虽然已经失败了多次，但并没有感到紧张和焦虑。

他认为，杜里埃虽然造出了汽车，但他的汽车还停留在初步实验阶段，需要改良的地方很多，而他自己要制造的汽车，是别人所不及的高性能的真正的汽车。

1908年福特汽车公司生产出世界上第一辆属于普通百姓的汽车T型车，世界汽车工业革命就此开始。

阿尔布雷希特兄弟

——投诉信下的长远目标

卡尔·阿尔布雷希特和特奥·阿尔布雷希特，于1921年和1923年出生在德国埃森城。1948年，兄弟俩成立了"阿尔迪"零售店，是德国零售业的第一大户，被称作"西德零售业之王"。2001年度《福布斯》世界富豪排行榜位列第5名。

自从1948年，阿尔布雷希特兄弟创办
"阿尔迪"零售店以来，应该说，"阿尔
迪商店"的货品都有质量保证，足以令顾
客放心。

有一天，卡尔接到一封顾客来信，他
看着眉头不由皱了起来，他将信纸递到弟
弟手里。特奥展信一读，亦为之一惊，只
见那信上写道：

阿尔迪商店总经理先生：

昨天，我有幸到大名鼎鼎的"阿尔
迪"观光，顺便买了一袋橙果干。拿回家
打开口袋吃的时候，觉得嘴里霉臭无比，
令人作呕。我只好把橙果吐了出去。想起

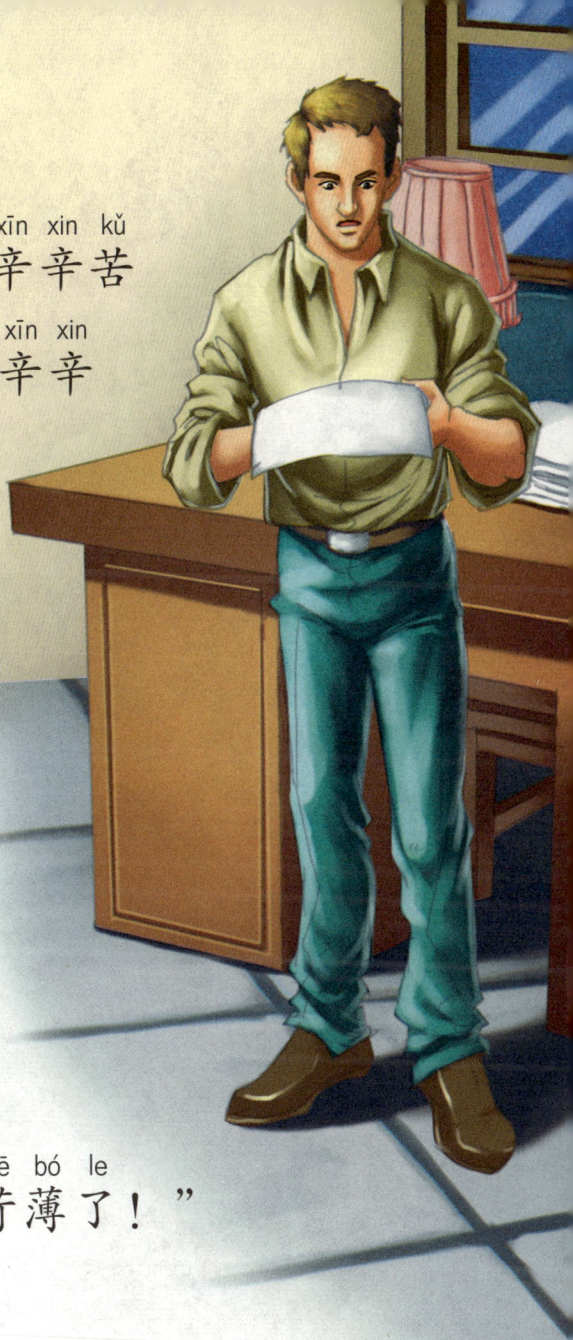

来贵店也实在辛苦——辛辛苦苦把货品组织进店，又辛辛苦苦向顾客兜售因发霉而廉价的食品。

希望这种挂羊头卖狗肉的发霉的破烂货只能是进垃圾箱，而不应冠以廉价的美名愚弄顾客……

"这位先生也太苛薄了！"特奥读完信后说。

卡尔摇摇头，说："我倒并不觉得这位先生苛薄，我们应该感谢他。"

特奥也同意哥哥的见解，说："那么，向果品厂发出警告，再出现类似事件就取消合同，检查员则要扣除当月奖金。"特奥说完，转身欲走。

卡尔却叫住了他："特奥，这个，也由你去处理。"卡尔把那封信交给特奥。

特奥拿着信问："给

这位先生写封道歉的回信……"

"信是要写，还要给他补偿……"

"噢，好，补偿什么呢？"

"一盒'金'牌咖啡。"

"好家伙，一盒'金'牌咖啡的价值为9马克50芬尼，而一袋橙果干才值1马克85芬尼。"

"这不是对'上帝'虔诚该做的吗？"

几天以后，汉斯先生收到了一盒"金"牌咖啡和一封"阿尔迪商店"总经理的回信：

尊敬的汉斯先生：

首先，我们对先生的批评深表谢意。

因为从先生的反映情况中，我们得知敝店所售食品尚有质量问题，为今后改进服务大有益处。

您对橙干的质量不满意，我们闻悉此事深感不安。为弥补您所蒙受的损失，我们寄上一盒"金"牌咖啡。

谨致友好地问候。

汉斯接到咖啡与回信，他没料到"阿尔迪"接到自己的挖苦信会如此相待。此后，他成了"阿尔迪"的常客。

特奥从这件事中看到了哥哥卡尔长远的目光。在以后的经营中，他也处处从长远利益着眼，从顾客利益的角度考虑问

题。这就是
"阿尔迪"
的精明的经
营术。

阿尔布雷
希特兄弟的"阿尔
迪"遍布德国各地，
与千千万万的德国人息
息相关，已密不可分，
并获得了"西德零售业之王"的美誉。

suǒ luó sī
索罗斯

——步入华尔街金融市场

　　qiáo zhì 　　suǒ luó sī 　　　　　　　nián chū shēng yú xiōng yá
　　乔治·索罗斯，1930年出生于匈牙

lì 　　měi guó shí dà cái fá zhī yī 　　tā chuàng bàn jī jīn
利，美国十大财阀之一。他创办基金

huì 　　dà zuò tào tóu jiāo yì 　　qǔ dé jù é cái fù 　　jū jī
会，大做套头交易，取得巨额财富；狙击

yīng bàng 　　yǐ yì rén zhī lì dà zhàn lì shǐ
英磅，以一人之力大战历史

zuì yōu jiǔ 　　shí lì zuì xióng hòu de yīng
最悠久、实力最雄厚的英

gé lán yín háng 　　sān zhàn dōng nán yà
格兰银行；三战东南亚，

juǎn zǒu jǐ shí yì měi yuán de cái fù
卷走几十亿美元的财富，

bèi yù wéi 　　jīn róng dà è
被誉为"金融大鳄"。

大学毕业后，索罗斯遇到的第一个难题是如何谋生，他尝试去推销，但他缺少这方面的才能。

索罗斯和一个名叫罗伯特·梅尔的小伙子很能谈到一起。罗伯特认为索罗斯有见解，有思想，到纽约会有一番大作为。

索罗斯经过认真考虑后，他决定去美

guó　　　 tā kāi shǐ dào huá ěr jiē xún zhǎo gōng zuò　　 zuì hòu tā xuǎn
国。他开始到华尔街寻找工作，最后他选

zé le wò tè hǎi mǔ gōng sī　　 dān rèn ōu zhōu zhèng quàn fēn xī
择了握特海姆公司，担任欧洲证券分析

shī　　 jiān zhèng quàn jiāo yì yuán
师，兼证券交易员。

　　fēn xī ōu zhōu zhèng quàn shì chǎng de qíng kuàng　　 duì yú suǒ
分析欧洲证券市场的情况，对于索

luó sī lái shuō　　 shì yí xiàng kāi chuàng xìng de gōng zuò　　 zài tā
罗斯来说，是一项开创性的工作，在他

zhī qián　　 bìng méi yǒu rén cóng shì guò zhè xiàng gōng zuò　　 yīn wèi
之前，并没有人从事过这项工作，因为，

dāng shí de jīn róng yè quán qiú huà chéng dù hái hěn dī　　 ōu zhōu de
当时的金融业全球化程度还很低，欧洲的

金融市场和证券交易，对美洲还不会有太快的影响。索罗斯的到来，起到了促使华尔街了解欧洲金融市场情况的作用。

索罗斯写出的推理、猜测加分析的关于欧洲公司的报告，赢得了许多大银行机构的信任。索罗斯写出的那些以猜测和推理为主，以实际材料为辅的研究报告，被准备到欧洲去投资的人当成了宝贝。

在这个时期，索罗斯成了华尔街欧洲经济情况的专家，成了投资热潮中的重要人物。出现了他事业中的第一个高潮。

索罗斯是第一个研究德国银行的人，他在研究中发现，德国银行的股票组合

价值远远高于它的资本总额。在这些研究
中，索罗斯发现了不容易被一般人发现的
秘密。他还把50家关联公司的情况画成
一张图表，在类举数字的基础
上得出了合理的结论，然后拿
给摩根银行。他们看到
这个东西之后，认
为有关的股票，
在索罗斯的推荐
下，有可能
会上涨两三
倍的价格。这将
是欧洲股票价格的顶

峰。这时，索罗斯的股票分析员的事业也达到了顶峰。

在此期间，索罗斯引导一些听信他的分析报告的金融机构，对欧洲股市成功的进行了一次洗劫。索罗斯建议摩根银行和另一家金融机构，购买阿利安兹公司的股票，向该公司投资。

索罗斯的预测果然正确，该公司的股票在很短的时间内，竟然上涨了两三倍。这些投资者大赚了一把。60年代初，索罗斯正式成为美国公民，他辉煌的时代即将到来。

bā fěi tè
巴菲特

——遇困境转行保险业

沃伦·巴菲特，1930年8月30日出生在美国布拉斯加州的一名共和党国会议员家中。他是金融投资界公认的投资艺术家，也是管理界名列前茅的管理艺术家，这在美国历史上，荣膺这两项殊荣的只他一人。

波克夏棉花制造公司是巴菲特最早投资的企业。波克夏与其他纺织工厂合并，成为英国最大的工业公司之一。但由于当时持续低迷，使合并后的波克夏·哈斯威公司的日子并不好过。

就是这样一家陷入困境的公司，被巴菲特和他的投资合伙体看中，他从1962年开始购入这家公司的股票，于1965年购

买下了波克夏·哈斯威公司，取得了这家公司的控制权。

但波克夏·哈斯威公司的投资对于巴菲特说来并不是最理想的，因为在其后的二十年间，虽然巴菲特想重振英格兰的纺织业，但是结果却是令人失望的，股东权益报酬率只勉强达到两位数。

波克夏·哈斯威公司投资遇到的挫折，使巴菲特

领悟到一些事情：首先，纺织品的特性使企业不可能获得高利润，因为这种属于日用品的消费品是很难与竞争者之间有很大的差异的，而且来自于外国的企业，其低廉的劳动力将更具有竞争优势，从而使波克夏·哈斯威公司的利润不得不降到最低限度。如果再遇上通货膨胀，情况将会更糟。

在举步维艰中，巴菲特终于在1985年7月着手结束其纺织业投资。这虽然是一项失败的投资，但也是巴菲特投资经验中的宝贵积累。

1967年，巴菲特以总价860万美元购买

了奥玛哈的两家绩优保险公司的股权，即国家偿金公司和全国火水保险公司。保险公司由于保户支付保费，提供了经常性的流动现金，而且由于理赔时间的不确定

性，保险公司在投资时倾向于变现能力较高的股票和债券，这就为巴菲特日后投资取得了良好的资金来源。

巴菲特购进这两家公司时，已拥有价值2470万美元的债券和720万美元的股票投资

组合。

至1969年，仅经过两年，巴菲特便使这两家保险公司的债券和股票总值达到了4200万美元。此举的成功，弥补了巴菲特在波克夏·哈斯威公司投资遭受的挫折。

从20世纪60年代后期开始，巴菲特在经营保险业上大显身手，继国家偿金公司和全国火水保险公司之后，于70年代又买下了三家保险公司，而且购并了五家保险公司，这十家保险公司，使波克夏·哈斯威公司实际上已经由纺织业进军到保险业了，这也是巴菲特在投资道路上尝试的第一次成功转型。

mò duō kè
默多克

——由兼并起家的传煤大亨

kǎi sī · lǔ bó tè · mò duō kè，1931年3月
凯思·鲁伯特·默多克，1931年3月

rì chū shēng yú mò ěr běn，qí fù shì yì míng jì zhě
11日出生于默尔本，其父是一名记者，

yě shì yí gè xiǎo yǒu míng qi de shāng
也是一个小有名气的商

rén　　zài fù qin de yǐng xiǎng xià
人，在父亲的影响下，

mò duō kè cóng xiǎo jiù duì chū bǎn yè
默多克从小就对出版业

fā shēng le jí dà de xìng qù　 zhōng
发生了极大的兴趣，终

yú chéng wéi yí gè míng zhèn shì jiè
于成为一个名振世界

de chuán méi dà hēng
的传煤大亨。

默多克的父亲凯恩爵士留给默多克的
遗产是一笔昆士兰新闻公司的股票以及
克鲁登投资公司，后者是一个控制布里
斯班《信使邮报》和《新闻报》两家小公
司股票的家庭公司。在默多克回到阿德莱
德镇前，他母亲伊丽莎白把布里斯班《信

shǐ yóu bào　　de gǔ piào mài gěi le mò ěr běn xiān qū jí tuán
使邮报》的股票卖给了墨尔本先驱集团，

yuán yīn shì tā mǔ qīn dān xīn jiā tíng wú fǎ zhī fù tā men de yùn
原因是他母亲担心家庭无法支付他们的运

yíng fèi yong
营费用。

dāng mò duō kè dào dá　　xīn wén bào　　de bàn gōng shì
当默多克到达《新闻报》的办公室

shí　　tā shòu dào le lǐ wéi tè de rè liè huān yíng　　lǐ wéi tè
时，他受到了里维特的热烈欢迎。里维特

zài dào ā dé lái dé　　xīn wén bào　　bào shè
在到阿德莱德《新闻报》报社

hòu de zuì chū liǎng nián　　rì zi yě hěn bù hǎo
后的最初两年，日子也很不好

guò　　dāng shí　　xīn wén bào
过。当时《新闻报》

zhì xiāo　　lì rùn xià
滞销，利润下

jiàng　　lǐ wéi tè zài
降，里维特在

zhè liǎng nián de kùn nan
这两年的困难

shí guāng lǐ pīn mìng gōng
时光里拼命工

zuò　　shǐ bào zhǐ
作，使报纸

发行量上升到约75万份。后来处理凯恩爵士的遗产也是一个棘手的问题。

接替凯思·默多克出任先驱和时代周刊集团董事长的哈洽德·杰迪是指定的遗嘱执行人之一,而他却是《新闻报》当时的竞争对手《广告商报》的一个主要股东。

默多克来到报社后,第一个主要面对的是比他更强大的阿德莱德的《广告商报》。先驱集团试图吞并凯思爵士留给默多克的小帝国。随着默多克年龄的增长,他发现了很多的问题。

默多克当时的处境是:一个默多克家族拥有的小报,要同由凯思·默多克建立

但不拥有的大公司——先驱和时代周刊集团的分支《广告报》团展开竞争。

《广告商报》团董事长劳埃协杜马爵士于1953年10月24日推出《星期日广告商报》，与《新闻报》的周末刊《邮报》抗衡。《广告商报》销量为16.7万份，远远超过《新闻报》的10.2万份，但《邮报》销售量高达17万份左右。

两家周日报刊的竞争持续了两年。

《广告商报》建议默多克作出让步或合并，默多克毫不犹豫地说"见鬼去吧！"最后，劳埃德·杜马爵士败下阵来。

1955年12月，这两家周末报正式合

并，双方各持一半股金，但新闻公司赢得了有利可图的印刷合同。这次合并可以称之为默多克的第一次胜利。

默多克的活力使《新闻报》的职员大吃一惊，他对报纸的任何一个环节都严格把关。他是个精力充沛的青年，他对印刷、广告、经营等具体环节都有研究，这为他今后的奋

dòu dǎ xià le jiān shí de jī chǔ
斗打下了坚实的基础。

mò kè duō jiān rèn de jué xīn   guò rén de dǎn shí hé bú
默克多坚韧的决心、过人的胆识和不

xiè nǔ lì jī hū shǐ tā wú wǎng ér bú shèng
懈努力几乎使他无往而不胜。

wú lùn shì píng miàn méi tǐ   diàn shì tái   wèi xīng wǎng
无论是平面媒体、电视台、卫星网、

yǒu xiàn wǎng yǐ jí chū bǎn gōng sī   tā yì zhí chǔ xīn jī lǜ de
有线网以及出版公司，他一直处心积虑地

kuò zhāng zhe zì jǐ de jiāng yù   bàn gè shì jì hòu chuàng jiàn le
扩张着自己的疆域，半个世纪后创建了

yí gè páng dà quán qiú chuán méi dì guó
一个庞大全球传媒帝国。

比尔·盖茨

——炒学校鱿鱼成为世界首富

比尔·盖茨，1955年生于美国西雅图。自已兵败莲花之后又能奇迹般迅速壮大，攻战欧洲市场势如破竹。这位当今全球商界首领，他用手指震动了整个地球，堪称商界大枭大雄人物。

1973年，盖茨高中毕业。在这一年的夏天，比尔·盖茨以全国资优学生的身份，同时获得普林斯敦、耶鲁和哈佛大学的入学许可，他选择了哈佛。

在这所全世界著名的学府里，盖茨在新的竞争面前保持着他以往的习惯。他逃课，一连几天待在电脑实验室里不出来，整晚整晚地玩电脑游戏或者打扑克。

在哈佛，盖茨与主修应用数学的史蒂夫·巴默成为好友，巴默在后来加入微软，现在成为微软公司的总裁。

就在那个冬季的一天下午，盖茨的中学好友保罗来看他，回去的时候，保罗一个人穿过哈佛校园时，突然发现1975年元月的通俗机械学杂志的封面上，印着革命性的新微电脑装备MITS阿尔它8080。

保罗买下了这本杂志，然后冲回去找盖茨，两人研究了半天，觉得应该为这台单纯的小机器发展一种程序语言。

保罗说服盖茨："让我们创立一家公司，让我们一起来，好吗？"

于是盖茨和

保罗打电话给MITS创办人罗伯兹，说他们可以写出一套可使用程序。罗伯兹是个很精明的人，只要能为己所用他便利用，便答应二个人的请求。于是盖茨和保罗回到哈佛，他们利用哈佛的电脑，拼了命地写这套程序。盖茨和保罗都相信，电脑可以创造奇迹。

从一月到三月，盖茨和保罗一直呆在盖茨的寝室，他们几乎不记得寝室的灯几时关过，直到后来，盖茨还深深为他写出的那套程序而自豪。让罗伯茨大吃一惊的是，二人用BASIC语言编写的这个程序，在阿尔塔电脑上运行的十分成功。

盖茨和保罗首战告捷，他们把编写的程序卖给MITS公司，获得了3000美元另加权利金的报酬。那个罗伯茨先生，看出了这两个孩子身上所具有的潜力，他问他们能不能为罗伯茨公司服务，他会提供职位和很高的工资。保罗·艾伦答应了罗伯茨，而比尔·盖茨则又和同学们一起打扑

克，但在他心里，则时时刻刻盘算着自己的前程。

BASIC语言在阿尔塔电脑上运行成功，给比尔·盖茨很大鼓舞。他感到哈佛大学的生活索然无味了，一个具有挑战性的全新领域在向他遥遥招手。他决定爆炒哈佛的鱿鱼。

比尔·盖茨是哈佛大学建校史上第一位炒学校鱿鱼的人。他退学经商，放弃了平常人们向往的正常升迁之路；他不失时机地向别人学习，比如软件，本来是别人的，他拿过来，向前发展一步，改头换面，便成了自己的秘密武器！

图书在版编目（ＣＩＰ）数据

企业家小故事 / 李晓伟著. -- 长春 ：吉林美术出版社，2015.9（2022.3重印）
（大名人的启迪小故事）
ISBN 978-7-5575-0241-6

Ⅰ．①企… Ⅱ．①李… Ⅲ．①儿童故事－作品集－世界 Ⅳ．①I18

中国版本图书馆CIP数据核字(2015)第222157号

大名人的启迪小故事　企业家小故事

出　版　人　赵国强
责任编辑　魏　冰
开　　　本　700mm×1000mm 1/16
印　　　张　8
字　　　数　46千字
版　　　次　2015年9月第1版
印　　　次　2022年3月第3次印刷
印　　　刷　汇昌印刷（天津）有限公司
出　　　版　吉林美术出版社有限责任公司
发　　　行　吉林美术出版社有限责任公司
地　　　址　长春市福祉大路5788号
电　　　话　总编版：0431-81629572

定　　　价　29.80元